SOPA DE LIBROS

Título original: *Pedro e o seu boi voador*

Juan Ignacio Luca de Tena, 15. 28027 Madrid
www.anayainfantilyjuvenil.com
e-mail: anayainfantilyjuvenil@anaya.es

1.ª edición, octubre 2000
16.ª impr., junio 2011

Diseño: Manuel Estrada

ISBN: 978-84-207-4412-4
Depósito legal: M-25818-2011

Impreso en Gráficas Muriel, S. A.
C/ Investigación, 9
Polígono Industrial Los Olivos
28906 Getafe (Madrid)
Impreso en España - Printed in Spain

Las normas ortográficas seguidas en este libro son las establecidas por la Real Academia Española en su edición de la *Ortografía* del año 1999.

Machado, Ana María
Aunque parezca mentira / Ana María Machado ; ilustraciones de José María Lavarello. — Madrid : Anaya, 2000
64 p. : il. col. ; 20 cm. — (Sopa de Libros ; 51)
ISBN 978-84-207-4412-4
1. Imaginación. 2. Fantasía. I. Lavarello, José María, il.
II. Merlino, Mario , trad. III. TÍTULO
869.0(81)-34

Aunque parezca mentira

SOPA DE LIBROS

Ana María Machado

Aunque parezca mentira

Ilustraciones de
José María Lavarello

Traducción de Mario Merlino

Un día, cuando la madre de Pedro llegó del trabajo, saludó a su hijo como de costumbre y le dijo:

—¡Hola! ¿Cómo te ha ido hoy en el colegio?

Pedro respondió:

—Hoy he conocido a un compañero nuevo.

Ella quiso saber enseguida cómo era.

—Uy, mamá, ¿a que no lo adivinas...?

Y su madre comenzó a hacer preguntas como quien juega a las adivinanzas:

—¿Es gordo? ¿Es delgado? ¿Es muy moreno y con mucho pelo? ¿Es alto y desgarbado? ¿Tiene ojos grandes? ¿Tiene un rasguño en la rodilla? ¿Es simpático?

—Ni simpático ni con mucho pelo, ni alto ni delgado... Dudo que consigas adivinarlo, mamá. Puedes llegar a decir cosas muy extrañas.

Entonces, la situación se volvió muy graciosa, porque la madre de Pedro decía cosas así:

—¿Tiene, tal vez, el pelo azul

del color del cielo y los brazos del color del mar con sus pececillos?

—No, mamá, nada de eso... Adivina...

Ella volvió a intentarlo.

—¿Tiene, tal vez, labios de rubí, dientes de perla y cabellos de oro?

—Mamá, es un amigo, no el escaparate de una joyería.

Y ella insistía:

—¿Es negro, tal vez, como la noche más profunda y lleno de estrellas, flores y reflejos de belleza?

—Caliente, caliente, mamá. Sigue, que estás cada vez más cerca...

Entonces, la madre se quedó muy sorprendida. Todo lo había dicho para bromear. No entendía nada. Se quedó inmóvil, boquiabierta, mirando a su hijo. Pedro decidió ayudarla:

—Tiene cola, mamá. Y tiene cuernos.

El asombro de la madre crecía. Y Pedro siguió hablando:

—Y vuela, mamá. Más rápido que un reactor.

—¿Qué dices, hijo? ¡Acaba con tantas tonterías!

—De tonterías, nada. ¿No crees que mi compañero nuevo es así? Pues lo es... Adivina: ¿qué es, qué es, qué es lo que tiene cuernos y cola, vuela por donde se le antoja, es negro como la noche más profunda y está lleno de flores, estrellas, pedacitos de espejos que brillan?

—No lo sé; anda, dímelo ya.

—Es un buey volador.

—Ah, ¿sí? —dijo ella—. ¿Y dónde has visto un buey volador?

—Hoy ha entrado uno en el colegio. Pero yo ya había visto uno igual, aunque más pequeño, en la sala de la tía Guguta.

La madre comenzó a entender y trató de que Pedro entrara en razón:

—Ese buey no es volador, solo está colgado allí como adorno. Es una copia del disfraz que los hombres usan para bailar en las fiestas de algunos países. Creo que lo trajo tu tío de un viaje.

—Pues mi compañero vuela. Y no veas cómo vuela... Las luces se reflejan en él, se mantienen brillando en los espejos, es muy bonito.

La madre prefirió asentir, solo por no llevarle la contraria. Claro que no creía nada de todo

aquello que estaba escuchando. ¿Dónde se ha visto un buey que vuele? Por eso, le dijo:

—Vale, Pedro, si quieres inventar la historia de un buey volador, vamos a jugar a eso. Ese buey de la casa de tía Guguta

es tu compañero, grandote
y volador. Vamos a imaginar
que existe de verdad.

Pedro comenzó a mosquearse
un poco:

—No se trata de imaginar
nada, mamá. Un invento es el
de aquella vaca voladora de
los cuentos, que bebe pociones
mágicas, esas cosas. Mi
compañero es un buey volador
y basta. Te digo que existe.

Cansado de dar explicaciones,
Pedro decidió bajar a la calle
y no subió, sucio y sudoroso,
hasta la hora de cenar, muy
satisfecho con el partido
de fútbol que había jugado
con sus amigos.

Ya había llegado su padre. Vio entrar a Pedro, le dio un abrazo y le preguntó:

—¿Qué tal el partido?

—Estupendo, papá.

—¿Quién ha ganado?

—Nuestro equipo, claro. Con el nuevo jugador que tenemos, nadie consigue meter goles, él los mete todos.

—Vaya, qué bien —dijo su padre, muy contento—. ¿Ese chico vive ahora en este edificio? ¿En qué piso vive?

—No es un chico, papá, y no vive en ningún edificio.

Su padre lo miró fijamente, y Pedro explicó:

—Es un buey volador.

Habló muy rápido y salió enseguida de la sala.

Justo cuando salía, escuchó que su padre le preguntaba a su madre:

—¿Qué disparate es ese?

Y ella respondió:

—Déjalo. Es su última fantasía. Hoy ha llegado del colegio con esa historia metida en la cabeza.

Pedro abrió el grifo de la ducha, se metió en la bañera y se quedó allí un buen rato. Primero, porque quedarse en la bañera es muy agradable (a veces no dan ganas de comenzar a ducharse, pero luego da gusto). Y segundo, porque estaba seguro de que su padre iba a marearlo de nuevo con un montón de preguntas. En la ducha, bajo el agua tibia que caía, se desparramaba y hacía un ruido agradable. Pedro pensaba en lo bueno que iba a ser contarles a su hermano y a su hermana la noticia de su nuevo compañero. Ellos eran mayores, pero no tanto, así que sin duda creerían lo que los demás no querían ver.

Después de la ducha, fue muy entusiasmado a hablar con su hermana:

—Joana, tienes que conocer a mi nuevo compañero. Va a la misma clase que yo y hasta viaja conmigo en el mismo autobús. Es un buey volador muy bonito, vestido de negro, con una estrella brillante en la frente, un montón

de flores bordadas y de muchos colores, muy pero que muy bonito.

Joana estaba con cara de pocos amigos y respondió con tono aburrido:

—Harías bien en inventar una historia mejor, Pedro. Si tu buey es volador, no necesita ir en autobús. Va volando solo

y es capaz de llevar a todo
el mundo a donde quiera. ¿No
te parece más interesante un
caballo motociclista? ¿O un
mono surfista? Un buey volador
no tiene mucha gracia...

Pedro se puso furioso:

—No estoy inventando nada. Aunque parezca mentira, es verdad, verdad verdadera. Ha entrado un alumno nuevo en mi colegio y es un buey volador, parecido al que tía Guguta tiene, colgado como adorno, en la sala. Todos mis compañeros lo han visto. Pero hay un montón de gente tonta en esta casa que no cree en lo que dicen los niños. Peor para vosotros. Os quedaréis sin buey volador.

Joana se dio cuenta de que Pedro estaba francamente enfadado y trató de tranquilizarlo, explicando con calma:

—Pedro, algunos animales vuelan. Otros no vuelan. Vamos a ver: las aves vuelan y para eso tienen alas. Solo algunas aves pesadas, o muy torponas, como los avestruces o los pingüinos, no vuelan. Pero los bueyes no son aves, por eso no pueden volar.

Pedro, muy listo, le respondió:

—¿Ah, sí? ¿Y las moscas? ¿Y los mosquitos? ¿Y las abejas? ¿Y las mariposas?

Joana seguía dando explicaciones:

—Muchos insectos también vuelan. Las aves y los insectos que tienen alas pueden volar. Pero un buey no es un ave ni tampoco un insecto con alas. O sea: no vuela. Y no seas testarudo.

—¿Y los peces voladores? ¿Son aves, insectos o testarudos? ¿Y un murciélago qué es, marisabidilla?

—El murciélago es un mamífero y vuela. Un pez volador no vuela, solo da grandes saltos. Verás que es así. Ese buey compañero tuyo debe de ser un campeón de salto, y vosotros creísteis que volaba al verlo saltar.

Pedro insistía:

—Nada de eso, Joana. Vuela, te digo que vuela de verdad. Lo sé, lo he visto.

Pero ya estaban sirviendo la cena, y Pedro no tenía ninguna gana de seguir discutiendo ese tema con toda su familia. Le pareció mejor hablar de otras cosas, y nadie se acordó tampoco de preguntarle por el buey volador.

A la hora de dormir, su madre le contó un cuento, salió de la habitación y apagó la luz, Después, Pedro comenzó a conversar con su hermano, como solían hacer todas las noches:

—Rodrigo, ¿estás despierto todavía?

—Sí, ¿por qué?

—¿Sabes que tengo un compañero nuevo?

—¿Y cómo es?

Pedro respiró hondo, se armó de valor y respondió:

—Es volador...

Rodrigo era francamente un gran amigo y, sin manifestar sorpresa, preguntó:

—¿Es un pájaro? ¿Es un avión? ¿Es un superhombre?

—Nada de eso... Es un buey.

—¿Un superbuey?

—No. Un buey, igual que el que tiene tía Guguta en la sala, vestido de negro, lleno de estrellas, flores y espejitos colgados. Pero este es más grande, ya ha crecido, no necesita viento para moverse, vuela solo.

Rodrigo, como era un hermano mayor muy paciente, comenzó a razonar:

—Pedro, los bueyes no vuelan. Vuelan los superhombres, los cohetes interplanetarios, los hombres que saltan en la playa... Hasta el hombre araña necesita una tela, hasta Batman necesita una cuerda. Tu compañero debe de tener algún truco parecido.

O tal vez lo hace con el polvo de las hadas, como en Peter Pan. Pero volar... no puede ser, hermanito. Es imposible.

—Él vuela, Rodrigo, te digo que vuela y yo lo he visto.

—No insistas con esa historia. No tiene sentido...

Y la conversación acabó así. Y no fue un buen final, porque los dos se dieron la vuelta y se durmieron.

El miércoles llegaron los abuelos a visitar a sus nietos. Primero llegó la abuela. Fue una fiesta de besos y de abrazos.

—A ver, ¿cuándo vendrá alguno de vosotros a dormir en mi casa de nuevo? Cuando queráis, basta con decirlo... ¿Quieres venir tú, Pedro?

¡Qué bien, dormir en la casa de la abuela era una maravilla! Ella contaba cuentos diferentes, preparaba chocolate antes de acostarse, tantas cosas buenas...

Pedro se sintió animado y le pidió:

—¿Puedo llevar a un amigo?

—Claro, siempre que su madre lo deje. Debes llamarla por teléfono y preguntárselo a ella.

Pedro replicó:

—No es posible llamarla por teléfono.

Pero la abuela tenía un gran sentido práctico:

—¡Tonterías! Yo miraré en la guía. ¿Cuál es el nombre completo de tu amigo?

Él se estaba dando cuenta de que iba a crearse una gran confusión. Y dijo en voz muy baja:

—Buey Volador.

—¿Cómo?

—¡BUEY VOLADOR!

A la abuela no le hizo ninguna gracia. Solo dijo, entre dientes, antes de irse a otra parte:

—No digas tonterías, niño. Ah, estos chicos tienen cada historia...

Y se fue. Después llegó el abuelo, que se había retrasado intentando aparcar el coche. Como siempre, llegó y dio un chocolate a cada nieto. Cuando le tocó el turno a Pedro, este le pidió, con un gesto pícaro:

—¿Tienes otro, abuelo?

—Te estás volviendo muy goloso, ¿eh?

—No es para mí, es para mi compañero nuevo. ¿Sabes, abuelo?: es un buey volador...

El abuelo lo miró fijamente y repitió interrogante:

—¿Un buey volador?

Pedro asintió. Y el abuelo, con una expresión aún más pícara que la de Pedro, le respondió:

—Los bueyes no comen chocolate, Pedro. Pero en cuanto encuentre una buena tableta de hierba voladora te la traeré...

Y se fue, riendo. Pedro se quedó sin saber si su abuelo se estaba burlando o si se estaba riendo de la alegría que le daba poder conocer a un buey volador.

El resto de la semana transcurrió sin grandes cambios. Pedro jugaba con su amigo, conversaba con él, pero no quería hablar con las personas mayores. De vez en cuando, en medio de algún otro tema, hablaba del buey volador. Y cada vez estaba más convencido de que los demás no creían en su amigo, hasta que, el domingo, ocurrió algo que nadie en la familia olvidaría jamás.

La mesa estaba preparada para la comida, con un plato para cada uno. Pedro había avisado a su madre que el buey volador iría a comer.

Pero está claro que ella se olvidó de dejar un lugar para el amigo de su hijo. Cuando Pedro reparó en ello, fue a buscar un plato más y lo puso al lado del suyo.

En cuanto la comida estuvo preparada, todos se sentaron a comer. Y Pedro pidió:

—Mamá, ¿podrías servirle también al buey volador? Debe de haberse distraído jugando en la calle, pero ahora mismo le diré que suba...

A todos comenzó a hacerles gracia la situación. Y nadie se ocupó de servirle al buey. Fue Pedro quien puso un filete en su plato y otro en el de su amigo volador. Luego, se acercó a la ventana y llamó:

—¡Buey Volador!

Y mientras su padre y su madre, su hermano y su hermana, su abuelo y su abuela seguían riéndose y sirviéndose de todo lo que había en la mesa —y todo era tan delicioso que en un instante las fuentes quedaron vacías—, Pedro continuó llamando:

—¡Buey Volador! ¡Buey Volador! ¡Ven rápido, que la comida se enfría!

Y fue así, aunque parezca mentira, como entró volando, leve y hermoso, radiante y reluciente, un maravilloso buey volador. Negro como la noche más profunda y lleno de estrellas, flores y reflejos de luz.

Y mientras volaba, los flecos multicolores de su manto bailaban con el viento. Y todo lo que había alrededor se reflejaba en él por un momento. Y los espejitos de su grupa de estrellas hacían una fiesta de gala, reflejaban a cada persona y cada cosa de la sala. Y cada uno, con su brillo propio, acompañaba el vuelo fugaz del buey manso y amigo.

Todos se quedaron tan absortos al ver al buey volador, que pasaron, como quien no quiere la cosa, del pasmo, ante la belleza del animal, a la sorpresa. El buey se sentó a comer y a beber, con el hambre y la sed de quien acababa de estar mucho tiempo volando y jugando. En el plato solo había un filete, el que Pedro le había guardado. Pero el buey volador enseguida encontró un recurso para saciar el hambre y la sed que tenía. Un recurso propio de buey volador. Pero que también podría ser de mariposa o ruiseñor.

De la hermana de Pedro
se comió la espinaca.
Y de su hermano,
la carne de vaca.
La madre vio en el plato
solo huesos de aceituna.
Al padre le faltaron
las verduras.
El abuelo acabó sin confitura.
Y la abuela, muy triste
y muy golosa,
hacía pucheros
al ver que ya no estaba
el aguacate con salsa rosa.

Solo Pedro comió como nunca había comido. Y con todas sus ganas se reía burlón:

—¡Os lo tenéis merecido! ¿Quién os mandó decir que era mentira mi amigo Buey Volador?

Escribieron  y dibujaron...

Ana María Machado

Ana María Machado nació en Río de Janeiro (Brasil). Está considerada como una de las más importantes autoras brasileñas. En el año 2000 ganó el premio Hans Christian Andersen, premio Nobel de literatura infantil, por el conjunto de su obra. ¿Qué significó para usted el premio Andersen?

—El premio Andersen fue, principalmente, un motivo de alegría, por el reconocimiento internacional de mi trabajo. Además, representa también una esperanza de que, con un premio de ese tipo, mi obra logre salir más de los límites de la lengua portuguesa y yo pueda ser más traducida en el mundo, para que me lean. Quien escribe desea ser leído. Como lectora, es incalculable lo que recibí de autores que no eran brasileños. Así, me encantaría saber que mis libros pueden hacer por los otros algo parecido, y corresponder a la humanidad por lo que de ella recibí.

—*¿Cuándo comenzó a escribir para chicos?*

—Comencé a escribir para chicos en 1969, por invitación de una revista que sería creada en Sao Paulo y buscaba autores que jamás hubieran escrito para chicos. Nunca se me había ocurrido que yo podría hacer eso. En esa ocasión, impartía clases en la universidad, preparaba mi tesis de posgrado en Literatura Brasileña y me preparaba para ser profesora y crítica.

—*¿Qué intenta transmitir con su literatura?*

—No intento transmitir nada; creo que la literatura no es un medio de transmisión de mensajes, para eso existen los medios de comunicación, que son mucho más eficientes. Mis intenciones son estéticas: tratar la palabra de una manera artística, explorar las posibilidades de la lengua, inventar nuevas maneras de hacer relatos, imaginar nuevos personajes y situaciones, enfrentar retos narrativos. Por supuesto, mientras trato de hacer todo eso, no puedo dejar de reflejar mi visión del mundo, una celebración de la vida y una fuerte sed de justicia y libertad.

José María Lavarello

Nací en Sudamérica y allí viví lo que todavía es la mayor parte de mi vida. Hice mi formación profesional estudiando Pintura y Arquitectura. Más tarde, ejercí la docencia en los niveles secundario y universitario. Continuando con mi actividad pictórica, realicé exposiciones de pintura y dibujo individuales y colectivas.

Luego me trasladé a vivir a Barcelona. Tras unos años de trabajos de supervivencia, tuve por casualidad la oferta de ilustrar un libro de literatura infantil. A pesar de las dificultades para adaptarme a este lenguaje gráfico nuevo, la tarea me entusiasmó. Al año ya trabajaba casi exclusivamente en ilustración infantil tanto para libros de texto como de literatura, y continúo en ello con la esperanza de seguir aprendiendo (sobre todo de mis muchos colegas admirados-envidiados) para poder expresar más cosas y con mejores medios.

OTROS TÍTULOS PUBLICADOS
A partir de 6 años

La bruja de las estaciones
Hanna Johansen

Todo lo que ocurre en el transcurso de un año —las fiestas tradicionales, los cambios de estación, los cumpleaños...— queda magníficamente ilustrado en esta pequeña agenda de bolsillo.

Lisa y el gato sin nombre
Käthe Recheis

Lisa no es rubia, ni tiene rizos, ni cara de ángel como sus hermanas; pero tiene un amigo muy especial, con el que se encuentra a menudo entre los arbustos del jardín. Es un gato sin nombre y sin dueño...

Óscar y el león de Correos
Vicente Muñoz Puelles

El león de Correos tiene una mirada feroz y mucha hambre, así que Óscar decide introducirle caramelos en la boca cada vez que tiene que echar las cartas. Al final, el «truco» no funciona, pero él descubre un gran secreto que le ayudará a superar su miedo.

Caperucita Roja, Verde, Amarilla, Azul y Blanca
Bruno Munari y Enrica Agostinelli

A Caperucita se la comió el lobo la primera vez, pero el lobo negro de Caperucita Verde, el que persigue en su coche a Caperucita Amarilla y el lobo marino de Caperucita Azul nada consiguen de esas niñas que tiene tan buenos amigos. Y el lobo de Caperucita Blanca tampoco lo tiene fácil.

Magali por fin lo sabe
Patxi Zubizarreta

A Magali le dicen muchas veces si no se le habrá comido la lengua el gato, sobre todo cuando le preguntan qué quiere ser de mayor. Pero en navidades viene su hermana de Nueva York y se lo pasa tan fenomenal con ella que al volver al colegio ya sabe lo más importante: «De mayor será... Carlota»

Hermano de los osos
Käthe Recheis

En un poblado indio, un muchacho huérfano se siente abandonado por su tío. Incapaz de ser un buen cazador, encuentra en los animales la compañía y el afecto que no ha podido recibir de los humanos. Pero, después de algún tiempo, descubrirá que su vida está al lado de sus semejantes aunque nunca olvidará que llegó a ser «hermano» de los osos.